Wilhelm Heinrich Riehl

Burg Neideck

Wilhelm Heinrich Riehl

Burg Neideck

ISBN/EAN: 9783744684002

Hergestellt in Europa, USA, Kanada, Australien, Japan

Cover: Foto ©Andreas Hilbeck / pixelio.de

Weitere Bücher finden Sie auf **www.hansebooks.com**

AHN's Series of German Novels, No. 10

Jung Friderk

Novelle

von

Wilh. Heinr. Riehl

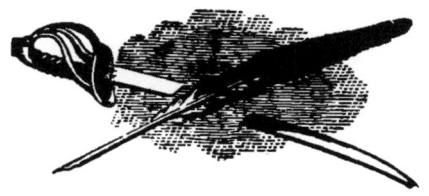

E. Steiger & Co.
New York

Druck von
E. Steiger & Co.
New York.

Burg Neideck

1.

Es gibt in Deutschland mehrere Burgen dieses Namens, aber die schönste unter ihren Namensschwestern ist ohne Zweifel jenes Neideck im ehemaligen Reichsfürstenthum Westerau, welches heute noch in so stolzen Trümmern vom steilen Thonschieferfelsen auf das Gebreite des Felbergrundes hinabschaut und weit übers Thal hinüber zu dem fernen Höhenzuge des Drill, an dessen Hängen das Städtchen Westerau mit dem neuen Fürstenschlosse lagert.

Zur Zeit des siebenjährigen Krieges war ein Theil der Burg noch bewohnbar, die größere Hälfte dagegen dachlos und verfallen. Von hinten offen, von vorn durch Graben und Zugbrücke geschützt, galt das Felsennest damals noch als eine Art Landesfeste, wenn auch nicht für uneinnehmbar, und hatte eine Besatzung von drei Mann, einen Feldwebel und zwei Gemeine, sämmtlich invalid, dazu sogar ein Geschütz, eine alte Karthaune, die jedoch nur am Geburtstage des Fürsten ins Thal hinabdonnerte und außerdem, so oft die Fürstin drüben im Schlosse wieder mit einem Prinzen oder einer Prinzessin niederkam.

Der Zweck der Besatzung war schwer zu ergründen; sie lag eben da, weil sie nicht abgezogen war, ein Trümmerrest der früheren Garnison, wie die vorhandene Burg ein Trümmerrest der alten Burg; die Invaliden dienten auf Neideck, weil sie anderswo nicht mehr dienen konnten, das war ja Grund genug. Uebrigens hatten sie ein trockenes Quartier, gesunde Luft, und lebten sehr billig.

Neben den drei Invaliden wohnte ein Schulmeister auf Neideck im kleinen Pförtnerhäuschen am Burgthor und hielt daselbst auch seine Schule, sodaß der Lehrstand sammt dem Wehrstande vertreten war; nur mit dem Nährstande sah es bei sämmtlichen vier Burgbewohnern bedenklich aus.

Die arme Gemeinde Neideck — so nannte man zwölf strohgedeckte Hütten am Fuße des Burgberges — konnte kein Schulhaus bauen, darum hatte ihr der Fürst das Pförtnerhaus in Gnaden zu Schulzwecken eingeräumt, und da sich die Schul= jugend aller Classen höchstens auf zehn Köpfe belief, so hatten sie in dem dunklen Pförtnerstübchen Platz genug, wofern sie sich zusammenduckten, wie die Schafe beim Donnerwetter.

Der Schulmeister, welcher anno 1757 da droben saß, war Philipp Balzer, ein junger Mann, zum Unterschied von vielen anderen Balzern der Umgegend der Burg=Balzer genannt. Sein Großvater Johannes, der älteste der bekannten Burg= Balzer, war Gemeindehirt gewesen, dem man das Pförtnerhaus als Hirtenhäuschen zugewiesen hatte, da es hierfür so gar günstig lag; denn am Südhange des Burgberges auf magerer Haide weideten die Kühe, Schafe, Schweine und Gänse des Dorfes in beschaulicher Eintracht. Johannes' Sohn Jakob, unseres Philipp's Vater, war schon Schulmeister und Hirt zu= gleich, Philipp dagegen blos Schulmeister. Er hatte das Hirtenamt aufgegeben, nicht weil das Schulamt nun für sich allein seinen Mann ernährt hätte, sondern weil die Gemeinde sammt ihrem Vieh so heruntergekommen war, daß sie eines eigenen Hirten gar nicht mehr bedurfte. Philipp ließ durch die faulsten Schulkinder das Vieh hüten, eine etwas zweifel= hafte pädagogische Maßregel, denn da alle Kinder im Sommer lieber auf der Weide sein mochten als in der Schulstube, so wollte nun jedes das faulste sein.

Der Schulmeister und die drei Invaliden wären vielleicht die glücklichsten Menschen von der Welt gewesen, wenn sie etwas mehr zu essen und zu trinken gehabt hätten. Nur an diesen beiden Dingen fehlte es mitunter. Denn die Wohnung war, wie gesagt, trocken, die Luft gesund und die Kleider hielten auf der Burg unglaublich lange.

Das Idyll dieses glückseligen Lebens wurde im November 1757 durch beklemmende Nachrichten gestört. Die immer weiter brandenden Kriegswogen wälzten sich heran, obgleich man im Fürstenthum Westerau vom Kriege gar nichts hatte wissen wollen. Schon konnte man vom hohen Doppelwartthurm der Burg ganz ferne dumpfe Kanonenschläge vernehmen, und flüchtende Bauern aus den angrenzenden Ländern erzählten, daß die preußischen Husaren bereits auf zwei Meilen fouragirten. Die Besatzung von Neideck war sehr in Zweifel, was sie thun solle, wenn der Feind wirklich käme. Der Feldwebel wollte die Burg in die Luft sprengen, allein dazu fehlte das genügende Pulver; von den Gemeinen sprach der Eine für ehrenvolle Uebergabe, der Andere für Flucht ohne Umstände; der Schulmeister, den man auch zum Kriegsrathe zog, für Behauptung des Platzes bis auf den letzten Mann.

Ein fürstlicher reitender Jäger sprengte am 13. November Abends in furchtbarer Eile den Berg herauf und brach allen Zweifel. Er übergab dem Commandanten eine versiegelte Ordre des Inhaltes: da die Burg unhaltbar sei, so solle die Garnison sofort unter Mitnahme aller Waffen und Vorräthe abmarschiren und sich hinter die Schwarzachlinie zurückziehen, wo sie von der Reichsarmee würde aufgenommen werden. Was aber von Kriegsgeräth und Proviant nicht mitgenommen werden könne, das sei zu zerstören.

Die Besatzung war mit dieser Ordre sehr zufrieden und die Ausführung um so leichter, da man sehr wenig mitzunehmen und gar nichts zu zerstören brauchte. Nur die Kanone erregte Bedenken. Da sie keine Lafette hatte, auch alles Zugvieh aus dem Dorfe geflüchtet worden war, so konnte sie nicht mitgenommen werden. Der Feldwebel wollte sie nach Kriegsgebrauch vernageln, wußte aber nicht, wie man das anfängt; einer von der Mannschaft wollte sie zersprengen, doch das schien gefährlich; zuletzt folgte man dem Rathe des Schulmeisters und stürzte sie in den Brunnen des Burghofes, welcher zweihundert Fuß tief und seit Menschengedenken trocken war.

Vor dem Abmarsch bat der Feldwebel den Schulmeister, daß er ihnen als gelernter Geograph genau sage, wo eigentlich die Schwarzachlinie anfange? Obgleich er es selbst nicht recht wußte, gab Philipp doch die gewünschte Auskunft mit jener Sicherheit, die jeder Lehrer von Amts wegen haben muß; denn die erste Regel aller Schulmeisterei ist, daß man es seine Schüler nicht merken lasse, wenn man selber nichts weiß, und darum geeigneten Falles lieber etwas Verkehrtes sage als gar nichts.

Die Soldaten wollten den Schulmeister mitnehmen zu seiner Sicherheit. Allein er hielt es für sicherer, dazubleiben, und sah bewegten Herzens, wie seine alten Freunde so rasch und leise, Gespenstern gleich, den Burgberg hinabschritten und in der schweigenden Nacht verschwanden.

Die werden nicht wiederkommen, sprach er bei sich, und jetzt bin ich allein Herr der Burg. Hierauf wand er die Zugbrücke auf, verschloß sorgsam das Thor und ging in sein Häuschen, wo er schon seit vorgestern einen Haufen Aepfel, Nüsse, gedörrte Zwetschen, Brod und etwas Speck und Rauch= fleisch zusammengetragen hatte. Mit diesem Proviant, einem alten Schlafrock und Gottsched's „Kritischer Dichtkunst" belud er sich und schlich verstohlen zum westlichen Felsenhange des Burg= berges. Dort horchte er nach allen Seiten, ob er auch ganz allein sei, denn sehen konnte er nichts in der stichdunklen Nacht, kletterte dann ein Stück verfallenen Mauerwerkes hinan, bog dicht verwachsenes Dorngesträuch auseinander und kroch durch den Spalt, der sich dahinter öffnete, in ein altes Gewölbe, welches in einen verschüttcten Gang auslief. Dieses Loch war sein Geheimniß, Niemand aus dem Dorfe oder von der Besatzung kannte es; er hatte es schon als Knabe entdeckt und immer verborgen gehalten. Schon vor Jahren hatte er sich dort ein

Ruhebett aus Moos und welkem Laub bereitet und gar manchen regnerischen Nachmittag einsam verträumt. Denn er liebte es, sich völlig in die Ritterzeiten zurückzuversetzen, und das gelang in dem Helldunkel des Gewölbes allemal am besten. Mit großer Mühe versuchte er dann wol auch, den Schutt des eingestürzten Ganges wegzuräumen und dort weiter vorzudringen. Er hatte im Straßburger „Hinkenden Boten" gelesen, daß man im verschütteten Keller einer elsässischen Burg etliche Fässer Weines gefunden habe, so uralt, daß die Faßdauben weggefault gewesen seien, allein der Wein habe sich seine eigene Haut gezogen und nun in derselben wie in einem Fasse gelegen. Vielleicht fand sich auch hier noch so ein Hohenstaufenwein „in der eigenen Haut". Schade, daß es dem Burg-Balzer niemals gelungen war, den verschütteten Gang frei zu machen!

Er beschloß in seinem Gewölbe zu bleiben, bis der erste Anprall des Kriegssturmes vorüber sei, und etliche Tage konnte er es da unten schon aushalten. Und ohne Zweifel befand er sich hier sicherer als die flüchtigen Bauern in den Wäldern. Allein nicht blos diese vernünftige Erwägung hieß ihn auf der Burg versteckt bleiben, sondern mehr noch ein romantischer Zug des Gemüthes. Denn dafür war Philipp Balzer ein deutscher Schulmeister.

Ich bin der Burg-Balzer, so sprach er zu sich selbst, ich muß meiner Burg Treue bewahren und stehe und falle mit meiner Burg. Ich bin der angestammte Wächter von Neideck, die Soldaten waren nur Miethleute. Mögen mich die Preußen mit der Burg in die Luft sprengen: lieber fahre ich auf diesem raschesten Wege zum Himmel, als daß ich treulos die Burg meiner Väter verlasse.

In der That fürchtete er übrigens gar nicht, mit der Burg in die Luft zu fahren, weil er sich noch zu großen Dingen berufen glaubte: zum Retter und Wiederhersteller von Burg Neideck. Diesen Glauben gründete er auf eine alte Sage.

Neideck war das Stammschloß der Fürsten von Westerau,

welche dort bis zum dreißigjährigen Kriege residirt hatten. Damals flüchtete die Herrschaft beim Herannahen der Kaiserlichen,
aber eine starke Besatzung behauptete das Schloß, und die Bauern
der Umgegend fanden dort Schutz für sich und ihre Habe und
priesen Neideck als die wahre Landesfeste. „Es ist eben immer
eine gute Burg gewesen," wie der Schulmeister zu sagen pflegte,
„kein gemeines Raubnest." Allein in dem schlimmen Jahre 1634
drohte der mit Flüchtigen überfüllten Feste der Proviant auszu-
gehen, und das ganze umliegende Land war rein ausgegessen.
Da befahl der commandirende Burgvogt, daß alle Frauen und
Kinder als unnütze Verzehrer die Burg verlassen sollten. Es
gab ein furchtbares Heulen und Flehen; denn wohin sollten sich
die Armen wenden? Der Commandant blieb hart: sie wurden
ausgetrieben. Da stießen die Frauen vor dem Thor die schwersten
Verwünschungen aus gegen die ungastliche Burg, nicht einen
Fluch, sondern Dutzende durcheinander; denn jede Frau hatte ihre
besondere Zunge. Drei Flüche aber waren es, welche aus allen
im Gedächtnisse des Volkes geblieben sind. Der eine lautete:
„Neideck soll in Trümmer fallen, daß die Steine noch nach hundert
Jahren zeugen wider den unritterlichen Burgvogt!" Der andere:
„Hundert und mehr Jahre sollen vergehen, ohne daß je ein
Burgvogt auf Neideck durch Frauenhuld beglückt werde!" Der
dritte: „Zur Schmach der Männer muß es noch kommen, daß
eine Frau die Burg rettet, wenn der letzte Mann daran ver-
zweifelt!"

Die beiden ersten Flüche hatten sich bereits erfüllt. Denn
bald nach dem Abzug der Frauen wurde die Burg erstürmt
und der östliche Flügel in Trümmer gelegt, worauf dann der
ganze mächtige Bau in immer weiter fressenden Verfall gerieth.
Die herrschaftliche Familie bezog Neideck nicht wieder, sondern
residirte seitdem im neuen Schlosse des Städtchens Westerau;
dagegen hatte noch geraume Zeit ein fürstlicher Vogt oder Amtmann auf der Burg seinen Sitz. Aber kein Amtmann auf
Neideck wurde fortan mehr durch Frauenhuld beglückt. Etliche

waren und blieben Junggesellen, zwei zogen als Wittwer auf, der einzige aber, welcher eine Frau mitbrachte, wurde von ihr so sehr geärgert, daß er sich eines Tages im obersten Thurm= stübchen den Hals abschnitt. Er hatte sich „von Haas" ge= schrieben und jener Thurm hieß seitdem der „Hasenthurm."

Also war nur noch der dritte Fluch unerfüllt: daß eine Frau zur Schande der Männer die Burg retten solle.

Obgleich der Schulmeister nun eigentlich keine Frau war, glaubte er sich doch vorbestimmt zur Erfüllung dieses Fluches, der wiederum die Versöhnung in sich trug. Er dachte sich aber die Sache so kühn, daß er seine Gedanken in tiefster Brust ver= schloß und nicht einmal mit sich selber laut darüber redete.

Diese Gedanken bewogen ihn vorab trotz aller Kriegsgefahr auf der Burg zu bleiben, sie hoben ihn über alle Angst und Langeweile, und er zehrte an ihnen in dem dunklen Loche fast noch begieriger als an seinen gedörrten Zwetschen und dem Speck, hatte auch Zeit genug dazu, denn Tag und Nacht verging, ohne daß er sich aus dem Gewölbe herausgetraute. Am zweiten Tage spürte er einen brandigen Geruch — vermuthlich ging das Dorf jetzt in Flammen auf; auch glaubte er öfters nahen und fernen Kanonendonner zu hören, Pferdegetrappel, Schwertergeklirr und anderes unheimliches Getöse. Dann wurde es wieder todtenstill.

Nachdem er zwei Tage und drei Nächte in dem Gewölbe gesteckt und des Sitzens und Liegens, auch des Obstes und Speckes genügend überdrüssig geworden war, schlüpfte er früh Morgens heraus in die Dornbüsche, welche den Eingang deckten. Ein nahes Geräusch erschreckte ihn. Da er aber fand, daß es von einer wohlbekannten Ziege kam, die an den letzten spär= lichen Blättern des Spätherbstes nagte, so wagte er sich ganz aus den Dornen hervor. Das Dorf lag unversehrt im heiligen Morgenfrieden zu seinen Füßen, es war nicht abgebrannt, auch sah und hörte man weit und breit nichts von Krieg. Das tröstliche Bild im goldigsten Sonnenschein lockte den Schulmeister immer weiter ans Licht, und nachdem er auch einige Bauern erspäht hatte, die ihre geflüchtete Habe ins Dorf zurückführten, wagte er sich ganz heraus, schlich verstohlen um den Burgberg herum und betrat das Dorf von der entgegengesetzten Seite, damit Niemand das Geheimniß seines Gewölbes errathe.

Nun erfuhr er, daß die gefürchteten Husaren gar nicht nach Neideck gekommen seien, und daß der Kriegslärm sich schon weit und immer weiter hinweggezogen habe. Die Bauern empfanden Scham und Reue über ihre thörichte Flucht, sie hatten in den Wäldern argen Frost und Hunger ausgestanden, das Vieh hatte elend gelitten, muthwillige Buben hatten die Stroh= feimen auf dem Felde angezündet, auch in den verlassenen Häusern viel Unfug verübt; man brauchte eine ganze Woche, um den Schaden wieder gut zu machen und die versäumte Arbeit nachzuholen.

Der Schulmeister dagegen wurde als ein kluger Mann gepriesen, weil er allein zu Hause geblieben sei. Bescheiden und geheimnißvoll lehnte er alles Lob ab, rühmte aber die Burg, welche auch in Trümmern noch dem Lande Schutz ge= währe.

Ein jeder Mensch bedarf des Glaubens, und fester als je zuvor glaubte der Burg=Balzer an seine Burg.

2.

Am 15. Februar 1763 sprengten zwölf Couriere mit Hörner= schall aus dem Schloßhofe zu Hubertusburg und jagten nach allen vier Winden, um den eben abgeschlossenen Frieden den „respectiven Höfen" zu verkünden, und ein ganzes Geschwader von reitenden Postillonen jagten hinterdrein durchs weite römische Reich, um den Frieden aller Orten „solenniter auszublasen".

Der siebenjährige Krieg war zu Ende, und auch Burg Neideck hatte nun für ein ganzes Menschenalter Ruhe, die Thürme hörten keinen fernen Kanonendonner mehr, und der Schulmeister brauchte fürder keine Belagerung zu bestehen. Er freute sich herzlich des Friedens, und es war ihm dazu eine Nebenfreude, daß derselbe der Hubertusburger hieß; denn er hielt dieses Hubertusburg für eine wirkliche Burg.

Der Burg=Balzer war nun völlig Alleinherrscher auf Neideck; die Invaliden kamen nicht wieder, der Bau, welchen sie bewohnt, zerfiel und wurde bald dachlos. Philipp jubelte, daß nun die ganze Burg Ruine sei; Burgruinen hielt er für herrenloses Gut, welches dem jeweiligen Besitzergreifer zufalle, und betrachtete darum die ganze gewaltige Trümmermasse als sein Eigenthum.

Vielleicht hätte sein lebhafter Geist die trockene Schulmeisterei auf die Dauer gar nicht ausgehalten, aber seine Burg machte ihm das saure Tagewerk süß.

Bei schönem Wetter hielt er die Schule im Burghof. Da schatteten blühende Hollunderbüsche, der blaue Himmel leuchtete durch die geborstenen Mauern, die Dohlen flatterten um die Thürme, die Spatzen zwitscherten in allen Ecken — ach, da ward es ihm so heimelig wohl zu Muthe, und er gedachte der Träume seiner eigenen Kindheit in dieser Trümmer= und Märchenwelt, und das im Tact gesprochene ABC der bösen Buben klang ihm wie ein Frühlingslied. Oder er ließ sie einen Choral singen, der wie im Kanon von den Wänden widerhallte, und die große alte Zeit mit ihren eisernen Gestalten stand vor seinen Augen, und der kreischende Kindergesang mit all seinen falschen Noten stieg wie ein Hymnus zum Himmel empor.

Besonders gern wählte er das Lied „Ein’ feste Burg ist unser Gott“. Und war es ausgesungen, dann erklärte er den Kindern, wie man sich Gottes Treue und Stärke gar nicht tiefer ausdenken könne als unter dem Bilde einer Burg. Ein naseweiser Junge bemerkte einmal, die Burg sei ja aber ganz zerfallen und jedes Frühjahr wackele und berste ein weiteres Stück. Allein Philipp entgegnete, scharf zurechtweisend:

„Sie zerfällt nur hier und da, um uns durch den Gegensatz

die unzerstörbare Dauer der Haupt= und Grundmauern desto an=
schaulicher zu machen; denn die sind für die Ewigkeit. In diesem
Sinne also ist die Burg so recht das Bild des unwandelbaren
Gottes. Auch hat Luther jenes sein unvergänglichstes Lied auf
der Burg zu Coburg ersonnen und die Bibel auf der Wartburg
übersetzt, so daß man auch ihn füglich einen rechten Burg=Balzer
nennen könnte — nur in hundertfach vergrößertem Maßstabe,"
wie er bescheiden lächelnd hinzufügte.

War aber ein Maitag noch einmal so schön, dann griff
er zu seiner Flöte und ging blasend den Burgberg hinab, die
Kinder hinterdrein, und so zogen sie zum Walde der Burg
gegenüber. Dort blies Philipp ein Echostückchen, bei welchem
die Burg Antwort gab, und die Kinder forderten singend und
rufend das Echo heraus. Nachher erzählte er dann den Kindern
von anderen Burgen der Umgegend, die aber lange nicht so schön
und merkwürdig seien wie Burg Neideck.

An Sturm= und Regentagen mußte er die Schule freilich
im engen Pförtnerstübchen halten; er befleißigte sich dann mög=
lichster Kürze, und kaum waren die Kinder draußen, so stieg er
entweder auf die zwei höchsten Thürme oder ins Burgverließ,
um, wie er sagte, den Schulstaub abzustreifen. Er kam aber
meistens ganz mit Kalkstaub bedeckt zurück.

Die Burg war durch ein Doppelthurmpaar ausgezeichnet,
welches, den ganzen Bau hoch überragend, weit ins Land hinein=
schaute. Der eine dieser Thürme war aus dem ersten Stock
des anstoßenden Palas oder Ritterbaues zugänglich, der andere
konnte nur von der höchsten Zinne des Nachbarthurmes selbst
bestiegen werden vermittelst der sehr wackeligen Holzbrücke, welche
ganz oben das Thurmpaar verband. Man gelangte dann von
der Spitze in jenes Stübchen hinab, wo sich der Amtmann den
Hals abgeschnitten hatte, denn dies war der „Hasenthurm".

Da oben auf der geländerlosen Brücke ließ sich dann der
Burg=Balzer den Schulstaub wegblasen; vom Sturme gezaust
stand er auf dem morschen Balken und stieß Rufe aus, deren

Sinn kein Mensch verstand: „Heia Weia, Weigala Weia!" und
dergleichen, altdeutsche Naturlaute, wie er glaubte, und dünkte
sich einen Hochwächter, der den Feind fernher aus den Schluchten
des Drill heranziehen sah und die Burgmannen warnte.

Oder er kroch mit kaum minderer Gefahr in das tiefe
Burgverließ, wo er vor Jahren etwas faules Stroh und die
Scherben eines alten Krugs gefunden hatte, ohne Zweifel das
Bett und Trinkgefäß des letzten Gefangenen. Da sah er den
Elenden, eine lebendige Leiche, vor sich liegen und bedauerte nur,
daß keine Knochen mehr zu entdecken waren; trotz seines guten
Herzens hätte er den armen Schelm am liebsten hier ver=
hungern lassen.

Nachdem er so die Wonne des Kerkerschauers geschlürft,
stieg er wieder ans Licht, durchkletterte die dachlosen Wohn=
räume und rastete im Rittersaal, dessen Gewölbe, aus allen
Fugen weichend, ein leises Geriesel von Kalk und Steinbröckchen
herabsandte. Dort saß er mit den edlen Herren und Frauen zu
Tisch und leerte den großen Humpen. Kam er dann naß und
kalt und doch glutheiß wieder in seine jämmerliche Stube, so
labte er sich an einer Brodkruste und einem Schluck Wasser und
war glückseliger, als jene Ritter bei ihrem Humpen vielleicht
jemals gewesen sind.

Mitunter, doch selten genug, besuchten auch fremde Pfarrer
und ferienreisende Studenten und Schulmeister die Burg. Dann
erschien der Burg=Balzer als freundlicher Führer. Er drängte
sich nicht auf, sondern man suchte ihn; galt er doch weit und
breit für mindestens ebenso merkwürdig wie seine Burg. Man
folgte ihm gern und hörte willig seine niemals stockende Rede.
Er verstand von jeder Mauer und jedem Loch zu sagen, was das
Alles bedeutet habe, und vollends von der Geschichte der Burg
wußte er weit mehr als alle Chroniken und Urkunden. Schenkten
ihm dann die Fremden einige Kreuzer, so nahm er das Geld
dankbar an, legte es aber in eine Sparbüchse, die er auch in
der größten Noth nicht öffnete. Dieses Geld, so sprach er,

gehört der Burg; er nannte es den „Burgfond" und hatte große
Dinge damit vor, wovon wir noch weiter hören werden.

Nur einmal erging es ihm übel. Als er nämlich den be=
rühmten Präceptor Mosenbruch herumführte — über welchen
man Jöcher's Gelehrten=Lexikon nachschlagen kann — widerlegte
dieser seine Behauptung, daß der Hasenthurm schon zu Hermann
des Cheruskers Zeiten erbaut worden sei, und als er dem
Präceptor die Sage von den drei Flüchen der Frauen erzählte
und von der bereits eingetretenen Erfüllung der beiden ersten
Flüche, versicherte derselbe, diese Sage sei erst entstanden, nach=
dem sich der letzte Amtmann den Hals abgeschnitten habe; das
Harren aufs Eintreffen der dritten Verwünschung, daß die Burg
zur Schmach der Männer durch eine Frau gerettet werden solle,
sei aber schon um deswillen ein Unsinn, weil an der Burg gar
nichts mehr zu retten sei.

Philipp Balzer erwiderte voll Ingrimm kein Wort, wies
aber auch dieses einzige Mal den überreich dargebotenen Führer=
lohn zurück. Denn in den Burgfond, sagte er zu sich selbst,
soll nur Geld aus reinen Händen kommen, das heißt von Leuten,
die es gut meinen mit meiner Burg.

3.

Die Bauern von Neideck hatten ihren Schulmeister gern,
weil er ihren Kindern das Lernen so angenehm, ja bei guten
Wetter zum Feste machte. Philipp freute sich dieser Anerkennung,
wies aber alles persönliche Verdienst von sich ab: Ich beherrsche
die Kinder und das ganze Dorf, aber nicht durch eigene Kraft,
sondern durch die Burg.

An schönen Sonntag=Nachmittagen zogen die erwachsenen
Burschen und Mädchen von Neideck gern auf die Burg und
die Alten gesellten sich wol auch dazu, man setzte sich auf der
Schattenseite des Burghofes zusammen und plauderte und sang.

Der Schulmeister erzählte, was er Neues von Kriegs= und Friedensläuften wußte, da dies aber sehr wenig war, so kam er immer rasch wieder zu den alten Rittern. Er lehrte auch das jüngere Volk viel schöne alte Lieder singen vom Linden= schmied und Schüttensam, vom Falkenstein und dem Schloß in Oesterreich und vom Fräulein aus Brittania. Es kamen dann sogar, durch den hellen Gesang gelockt, Burschen und Mädchen aus den Nachbardörfern, und Alle gestanden, daß es an ihrem Dorfbrunnen lange nicht so schön sei als in der Neidecker Burg.

Unter diesen fremden Mädchen befand sich auch öfters des Röderbauern Liese aus Steinfurt. Sie war ihres reichen Vaters einziges Kind, gesund und stark, zwanzig Jahre alt und weit und breit berühmt wegen ihres langen blonden Haares; denn sie konnte sich bequem auf ihre eigenen Zöpfe setzen. Wann der Burg=Balzer erzählte oder vorsang, dann blickte sie ihn allemal starr an mit weit geöffneten Augen und halb geöffnetem Munde, was sehr angenehm zu sehen war, und dachte, was der Burg=Balzer doch für ein merkwürdiger Mensch sei, der Alles wisse und viel gescheidter sei als all' die dummen Bauern und doch der ärmste Teufel in der ganzen Gemeinde. Das Eine erfreute und das Andere betrübte sie, und sie hätte ihm gern helfen mögen.

Philipp bemerkte rasch genug, daß Liese fast jeden Sonntag in den Burghof kam und immer nur ihn anstarrte, und so dachte auch er bald nur an sie und sprach zu ihr hin, wenn er Allen erzählte; er ließ sie Solo vorsingen und kam dann in der Terz hinterdrein, und so wurden sie einander gut; erst entspann sich eine „Bekanntschaft", dann ein „Verhältniß", welches zum heimlichen „Verspruch" führte, wie das nicht blos auf alten Burgen zu geschehen pflegt, sondern auch anderswo; allein Philipp sprach zu sich: dieses neue und unerhörte Glück hat mir wiederum meine Burg gebracht.

Als der glückliche Schulmeister endlich vor den Röderbauern

trat und um die Hand seiner Tochter bat, wollte der Alte vom Heirathen nichts hören, weil der Werber zwar Alles wußte, aber gar nichts hatte. Uebrigens kleidete er seinen Widerspruch in die einfachste und, wie er meinte, zarteste Form, indem er sagte.

„So lange ich lebe, gebe ich meiner Tochter keinen Kreuzer heraus, nach meinem Tode kann sie machen, was sie will."

Der Bauer war erst ein Vierziger und in seinem ganzen Leben noch nicht krank gewesen, also mochte Liese wol sechzig und mehr Jahre alt werden, bevor sie an eine Heirath mit dem armen Burg-Balzer hätte denken dürfen.

Dieser kannte die reichen Bauern genau, er wußte, daß der Röderbauer seinen Sinn nicht ändern und bei Lebzeiten niemals etwas „herausgeben" werde. Er verfiel darum in tiefe Melancholie, erkannte aber, daß er sich seiner Burg erhalten müsse, und gewann in der Verzweiflung den Muth, nunmehr Hand an ein Unternehmen zu legen, welches er schon lange in der Seele trug, ohne daß er es anzufassen gewagt hätte: er schrieb eine Geschichte der Burg Neideck.

Und beim Schreiben leuchtete ihm immer heller die Hoff= nung auf, daß er durch dieses literarische Werk dennoch zuletzt sein geliebtes blondes Mädchen gewinnen werde. Nicht als hätte er auch nur entfernt erwartet, durch das Buch zu Geld zu kommen. Er wußte gar nicht, daß man ausnahmsweise einigen Autoren auch Geld für ihre Bücher gab, glaubte viel= mehr, daß jedes Buch dem Verfasser viel Geld koste. Aber gerade darum hatte er seinen „Burgfond" angelegt. Auch bildete er sich keineswegs ein, durch das Buch etwa ein berühmter Mann zu werden und mit seinem Ruhm das Herz des Röderbauern zu rühren. Er wußte wiederum recht gut, daß hundert baare Gulden weit rührender auf dieses Herz wirken würden als aller Schriftstellerruhm der Welt. Und dennoch hoffte er durch das Buch zu seiner Frau zu kommen und durch die Frau als der erste Burgvogt seit hundert Jahren auf Neideck glücklich zu werden, und Liese war durch ihn ohne Zweifel vorbestimmt, alsdann die Burg zur Beschämung der Männer zu retten. Wie das Alles aber geschehen solle, das konnte er keinem Menschen genau sagen; denn er wußte es selbst nicht genau. Genug, daß er neben seiner heimlichen Schriftstellerei auch seine heimliche Liebe hegte.

Je seltener es ihm aber fortan vergönnt war, das Mäd= chen zu sehen, um so eifriger schrieb er an der Geschichte von Neideck, und so hob und tröstete wiederum die Burg den un= glücklichen Liebenden.

Schon hatte er fünfzig Folioblätter in zierliche Reinschrift gebracht, als eine Schulvisitation in Neideck erschien. Philipp brauchte sich nicht zu fürchten. Wenn auch die faulsten unter seinen Schulkindern das Vieh hüteten und folglich bei Sonnen= schein jedes gern das faulste sein mochte, so kamen sie doch beim Donnerwetter um so gewisser zur Schule. Und sie wußten mehr als die Schüler der Nachbardörfer, weil sie der Schulmeister in der Begeisterung für seine Burg an sein Herz zu ziehen gewußt hatte. In der selbstlos treuen Liebe für sein Heiligthum war er das größte Kind, darum liebten ihn auch die Kinder.

Der Scholarch, gleichfalls etwas Alterthümler, kroch nach der Prüfung mit dem Burg=Balzer durch alle Winkel des alten Gemäuers und hörte staunend, wie beredt und phantasiereich dieser ärmste Schulmeister sprach. Bei des hohen Vorgesetzten unerwarteter Theilnahme für alles Burgliche gerieth anderseits Philipp in eine Art Rausch des Entzückens, und dieser Rausch gab ihm, dem Schüchternsten, den Muth, das bis dahin so ver= schämt geheim gehaltene Manuscript seiner Burggeschichte hervor= zuziehen. Tief erröthend überreichte er's mit zitternder Hand. Der Scholarch überflog das erste Kapitel, welches den Titel führte: „Fünfundzwanzig verschiedene, doch sämmtlich annehmbare Vermuthungen über Sinn und Verstand des Namens Neideck", und zu dem Schlusse kam, daß das Wort für alle Zeiten kein

Eck bedeuten solle, worauf der Neid wohne, sondern um welches man die Bewohner beneiden müsse.

Er fand die Schönschrift vortrefflich, die Thatsachen zwar etwas schwankend fundamentirt; allein auf diesem Fundament erhob sich ein Gedankenbau noch kühner als die Burg selbst sammt ihrem Doppelthurm. Der Stil endlich war durchaus originell. Denn obgleich der Burg-Balzer niemals einen ordent-lichen Stil gelernt, so hatte er doch mit dem Herzen geschrieben, was und wie er schreiben mußte, und das gibt immer Stil. Seine Burg hatte ihn schreiben gelehrt.

Der Scholarch schwärmte für die Rousseau'schen Ideen, welche eben die Welt zu erobern begannen; er sah in dem Burg-Balzer den Mann des Volkes, der sich in der Einsamkeit selber zu alle dem gemacht hatte, was er war — und wahrlich zu nichts Schlechtem, — eine Art Rousseau'scher Persönlichkeit; ja er entdeckte sogar in Philipp's Lehrmethode die unbewußt geübten Grundsätze des philanthropischen Erziehungssystems. Der Schulmeister kannte nicht einmal den Namen Rousseau; er hatte keine Ahnung vom „Emil", der eben von allen Freun-den einer „aufgeklärten" und „empfindsamen" Pädagogik ver-schlungen wurde, und doch hätte man das Idyll seiner Schul-meisterei als einen reizenden Nachtrag zum Emil niederschreiben können.

Die Thränen der Rührung traten dem armen Mann ins Auge, weil der Scholarch gar so gut und freundlich war und ihm beim Fortgehen so überaus huldvoll einen guten Abend wünschte. Das war ein Glückstag gewesen und den hatte ihm wieder seine Burg gebracht! Zum Dank beschloß er ihre Ge-schichte noch um etliche Bogen über das ursprünglich gesetzte Maß auszudehnen.

4.

Nach vier Wochen kam ein großer Brief — „Dienstsache" — an den Schulmeister Philipp Balzer, worin ihm die Schulstelle zu Ottenheim angetragen war, eine doppelt so gute als die bisherige. Sie lag im Südgau des Fürstenthums, vom Volke der „Buttergau" genannt, weil seine Wiesen so fett waren, und die Bauern dort alletag Butter auf dem Brode essen konnten. Gar mancher Beamte, Pfarrer und Schulmeister trachtete nach diesem Gau und kam nicht hin, nun wurde der Burg-Balzer ohne alles Zuthun dorthin berufen. Als Staffage seiner Burg hatte er sich dem Scholarchen so vortheilhaft dargestellt, während jene anderen Aspiranten ja nicht einmal eine Burg besaßen.

Und am selbigen Abend kam ein Freund zu Philipp herauf, um ihm zu gratuliren, nicht wegen der Schulstelle, — denn davon wußte er noch nichts — sondern wegen einer anderen Glückskunde, die soeben ins Dorf gedrungen war; der Röberbauer zu Steinfurt hatte gestern Kirschen gepflückt, woraus er seinen berühmten Schnaps zu brennen pflegte, und war vom Baum gefallen und hatte das Genick gebrochen. Erst sechsundvierzig Jahre alt, kerngesund und doch schon todt! Der Burg-Balzer wies den Glückwunsch zurück aus Zartgefühl, aber ein Glück war der Fall nun doch, das konnte er nicht läugnen, obgleich die Burg diesmal unschuldig war an dem neuen Glücke.

Am nächsten Morgen schloß Philipp seine Schule für drei Tage. Er war noch nie im Buttergau gewesen, der übrigens nur sechs Stunden entfernt lag, und es befiel ihn eine dunkle Angst, ob er's denn auch so weit von der Heimath werde aushalten können? Er wollte sich die Gegend erst einmal ansehen, dann aber auf dem Rückmarsch seine Braut in Steinfurt besuchen, um sie ritterlich zu trösten.

Der Weg führte ihn durch die fürstliche Residenzstadt. Ein Lächeln des Mitleids zuckte um seine Lippen, als er an dem neuen Schlosse vorüberging mit seinen korinthischen Säulen und Rundbögen; wie hatten die Fürsten, deren Ahnherren auf Neideck gewohnt, zu einem Renaissance-Palaste herabsteigen mögen! Er hielt sein Pförtnerhaus, welches von der Geschichte geweiht war, für weit fürstlicher als diese geschichtlosen Marmorhallen. Der

Fürst kann seinem neuen Schlosse Alles geben, nur nicht die Geschichte, ja das vermöchte unser Herrgott selber ebensowenig, als er einem neugebackenen Baron sechszehn ritterbürtige Ahnen geben könnte. So dachte Philipp, erschrak aber, da er sich solchergestalt — zu Ehren seiner Burg — auf einem Zweifel an der Allmacht Gottes ertappte, verwand den sinnverwirrenden Gedanken und schritt rüstig vorwärts über den schmalen Hoch=rücken des Drill, der den Nordgau des Fürstenthums vom Süd=gau trennt.

Staunen ergriff ihn, als er von der Höhe herab zuerst dies gelobte Land ersah. Eine weite Fläche lag vor ihm gebreitet: geradlinig abgegrenzte Wiesengründe und wogende Kornfluren, von Obstalleen durchzogen. Und zwischen dem grünen und gelben Teppich blitzten lachende Dörfer auf, weiße Häuser mit rothen Ziegeldächern und funkelneue Kirchthürme. Nirgends Wald oder Fels, nirgends eine Burg oder auch nur ein Trümmerhaufen! Ihm ward bei dieser schimmernden Fläche so bange ums Herz, wie dem Sohn der Ebene, wenn er sich plötzlich in eine Alpen=schlucht versetzt sieht. Die Berge erdrücken denselben· ihn zog das Flachland gleichsam inwendig auseinander

Doch stieg er muthig hinab und erreichte bald das Dorf Ottenheim. Es sah zwar in der Nähe nicht ganz so sauber aus wie von Weitem und die Poesie des Schmutzes mangelte nicht völlig. Doch waren fast alle Häuser neu, weil ein großer Brand die alten mitgenommen hatte. Philipp ging geradenwegs in das verlassene Schulhaus, incognito wie ein reisender Fürst, und ließ sich von einigen Buben die Schulstube zeigen. Sie war groß und hell, ganz weiß getüncht; die Fenster gingen auf einen engen Hof, in welchem vier junge Lindenbäumchen wie Besenreiser in die Luft ragten. Es befiel ihn brennendes Heimweh nach seinem Burghof. Wie hätte er hier leben, wie gar lehren können!

Eilends schüttelte er den Staub von den Füßen und lief ohne Rast wieder über den Berg zurück. Erst in Steinfurt machte er Halt und begrüßte das geliebte Mädchen mit dem langen blonden Haar. In Trauer gekleidet und mit etwas verweinten Augen war Liese doppelt schön. Sie dankte ihrem Philipp still freundlich für den Besuch, welchen er zwar nicht angesagt, den sie aber doch fest erwartet hatte; denn in einer Stunde sollte der Vater begraben werden. Im bestaubten Reiserock — er besaß überhaupt keinen zweiten — ging Philipp tief bewegt mit im Zuge und mancher Bauernbursche sah den armen staubigen Schulmeister neidisch an wegen des glücklichen Trauerfalls.

Nach dem Leichenschmause sprach Philipp dann mit Liese über ihre gemeinsame Zukunft. Das Mädchen freute sich sehr, daß er die schöne Schulstelle zu Ottenheim bekommen solle, obgleich sie nun reich genug war, ihrem künftigen Manne auch auf Neideck ein Haus zu gründen. So lag also ihrem Glück kein weiterer Stein im Wege.

Allein Philipp erklärte, nie und nimmer werde er in den Buttergau ziehen, wo es keinen Fels, keinen Wald, keine Burg gebe; er dürfte Neideck nicht verlassen; dort seien ihm gewiß noch große Dinge vorbehalten.

Liese erklärte dies für eine Narrheit und suchte seinen Sinn zu wenden. Doch je kräftiger sie ihren Willen für Ottenheim betonte, um so halsstarriger und trotziger ward der sonst so milde Philipp, und sie kamen zuletzt so heftig hinter einander, daß Liese rundweg schwur, ehe sie in das Hirtenhaus auf der garstigen alten Burg ziehe, wolle sie lieber gar nicht heirathen, und Philipp betheuerte, ehe er nach Ottenheim gehe, bleibe er lieber seine Lebtage ledig. Er meinte, Liese habe sich doch bisher so oft zu der schönen Burg gezogen gefühlt; sie aber versicherte ihm nun, wegen der alten Burg sei sie keineswegs nach Neideck gegangen, sondern, leider Gottes, wegen des jungen Schulmeisters, wie sie jetzt zu ihrer Schande bekennen müsse.

Das war zu stark für Philipp.

Er schied empörten Herzens, gab aber dem Mädchen Bedenkzeit. Nach vierzehn Tagen fragte er wieder an. Sie stritten sich noch ärger als vorher, und das blonde Bauernkind blieb nun erst recht fest bei seinem Willen. Da sagte Philipp: „Wer mich haben will, der muß mich mitsammt meiner Burg nehmen."

Und Liese: „Wenn ich Dir nicht mehr werth bin als die Burg, so will ich Dich gar nicht."

Hiermit war das zarte Band zerrissen. Philipp verzichtete schweren Herzens, Liese vermuthlich etwas leichteren. Aber der Burg=Balzer trug mit Stolz seinen Schmerz. Die Burg hatte ihm schon so viel gegeben, sie hatte ihn zu alle dem gemacht, was er war; nun mußte er auch ihr überzeugungsvoll ein Opfer bringen, und wäre es die reichste und schönste Braut.

Er verzichtete zugleich schriftlich auf die Schulstelle im Butter= gau und war und blieb wieder, was er gewesen, der ärmste Schulmeister der kleinsten Schule des ganzen Landes, und schrieb weiter an seiner Geschichte von Neideck.

<hr>

5.

Aus dem östlichen Pavillon jenes Renaissance=Schlosses zu Westerau, welches dem Burg=Balzer so schlecht gefiel, hatte man die schönste Aussicht über den Felbergrund bis zur Felsenkuppe von Burg Neideck, deren Thürme am Horizont das Bild ab= schlossen. In jenem Pavillon wohnte aber Prinzessin Isabelle, des regierenden Fürsten jüngere Tochter, mit ihrer Hofdame, dem alten Fräulein von Martigny.

Die achtzehnjährige Prinzessin blickte oft sehnsuchtsvoll nach der Burg und wünschte da droben zu sein, um weit ins Land hinaus zu sehen und dann immer weiter ins Land hinaus zu reisen und aus dem Lande hinaus; denn sie fühlte sich wie ge= fangen in dem väterlichen Schloß, wo die standesmäßigste Lange= weile herrschte. Es fragt sich, was qualvoller ist: ein Kerker= fenster, welches auf hohe Mauern zielt, oder ein Kerkerfenster mit der schönsten Fernsicht? Das eine sagt uns stündlich, daß

wir eingesperrt find, und das andere, daß wir nicht hinaus
können. Und die Prinzeffin wäre so gern hinausgeflogen; aber
an ihres Vaters Hofe galt die klöfterliche spanische Etikette, vorab
für Damen. Isabellens ältere Schwester, Prinzeß Clementine,
war aus Langeweile katholisch geworden und ins wirkliche Klofter
gegangen. Dort fühlte sie sich weit freier als im Schloffe, viel=
leicht eben darum, weil sie nun nicht mehr in die schöne weite
Welt hinaussah, sondern blos in die Klostermauern hinein.

Die Lage des Schulmeisters auf der Burg und der Prinzeffin
im Schloffe bot übrigens eine gewisse auf den Kopf gestellte
Aehnlichkeit. Der Burg=Balzer hätte seine Braut wohl haben
mögen, mochte aber seine Burg nicht verlaffen; die Prinzeß da=
gegen hätte gar zu gern ihr Schloß verlaffen, und konnte dies
auch, wenn sie den jungen Reichsgrafen von Vierstein hätte hei=
rathen wollen, aber gerade den wollte sie nicht.

Prinzessinnen sind weit schöner wie andere Mädchen, auch
wenn sie nicht halb so schön sind: ihr hoher Rang verklärt sie.
Aber diese Verklärung müssen sie oft sehr theuer erkaufen durch
ungeheure Langeweile.

Wenn Isabelle in ihrem prächtigen Zimmer saß, so schien
es ihr, als gähnten alle vier Wände und wenn sie im Schloß=
garten spazieren ging, da däuchte ihr, als schliefen alle Bäume
und schnarchten alle die steinernen Götter und Göttinnen, womit
die Blumenbeete zwischen den verschnittenen Hainbuchengängen
geziert waren.

Sie stand frühmorgens um neun Uhr auf, weil sie so lange
brauchte, um sich von der Langeweile des vorigen Tages auszu=
schlafen, und wenn sie beim Lever sich die Strümpfe anziehen
ließ, brauchte sie oft eine halbe Stunde, bis sie sich entschloß,
vom rechten Strumpf zum linken vorzuschreiten.

Des Tages war sie keinen Augenblick allein; denn die
Martigny, welche als Hofdame zugleich Mutterstelle vertrat,
wich nicht von ihrer Seite. Eine wahre Höllenrichterin der
feinsten Etikette, war das alte Fräulein zugleich höchst nervös

und reizbar. Wenn die Prinzessin nach der Morgentoilette vom Waschtisch oder aus dem Bade kam, hielt sich die Hofdame während der nächsten halben Stunde immer auf etliche Schritt entfernt; denn sie behauptete, von einem frisch gewaschenen Menschen eben so gut den Schnupfen zu bekommen wie von einem frisch gewaschenen Fußboden.

Auf die Toilettestunde folgte die Lesestunde: die Martigny las Französisch vor, lauter classische Bücher aus der Zeit des großen Ludwig, und der Tonfall ihrer Verse wirkte schon am hellen Morgen wundersam einschläfernd. Dann kam die Malstunde. Der Hofmaler Timotheus Niedermeyer lehrte die Prinzessin Blumensträuße in Aquarell malen zu Geburtstagsgeschenken für die ganze Familie. Dieser Niedermeyer besaß Talent, war aber aus Langeweile Manierist geworden; denn er hatte jedes Jahr decretmäßig vierundzwanzig Besoldungsbilder in Oel zu liefern, mehrentheils fürstliche Familienporträts. Die Prinzessin malte er in allen Größen, Stellungen und Costümen, darunter neuerdings als geflügelten Engelskopf zwischen Wolken, dann als achtzehnjähriges Kind Seifenblasen in die Luft treibend, und endlich als Schäferin mit der Schippe ein Schaf an rothem Bande führend: alle diese drei Bilder gingen als Geschenke für Isabellens vorbestimmten Bräutigam nach Vierstein. Die Prinzessin konnte schön genannt werden, allein das abgeschlossene Leben hatte ihrem Gesicht die weiche, matte Schönheit einer Treibhausblume gegeben, und da der Künstler, um zu schmeicheln, die zarten Linien und Farben noch überzärtelte, so blickte der Kinder-, Engels- und Schäferinnenkopf recht langweilig in die Welt. Die Langeweile ist der Hunger der Vornehmen und der Hunger die Langeweile der gemeinen Leute: man sah es der gemalten Prinzessin an der Nase an, daß sie niemals Hunger habe, aber sehr oft Langeweile.

Isabelle sollte den Grafen Friedrich von Vierstein heirathen, mochte ihn aber nicht; andererseits wollte der Graf aber auch von der Prinzessin nichts wissen, die ihm doch bestimmt war.

Sie waren Vetter und Base, hatten sich als Kinder gesehen, und Isabelle vergoß damals Thränen über den unbändigen Jungen, dessen derbes Wesen sie erschreckte und ängstigte. Später kamen sie sich ganz aus den Augen; der Graf ging auf weite Reisen und trat in fremden Kriegsdienst, und obgleich Schloß Vierstein nur eine Tagereise von Westerau entfernt lag, hatten die beiden Väter ihre Kinder doch brieflich und auf eigne Faust verlobt, ohne die Nächstbetheiligten viel zu fragen. Sie hielten dies für standesmäßiger als die Verlobungen aus Liebe und Aug' in Auge bei gewöhnlichen Menschen.

Die schönen Porträts des Hofmalers sollten das Verlangen des widerstrebenden Grafen nach seiner widerstrebenden Braut wecken, wirkten aber das gerade Gegentheil. Nicht besser war es mit dem Brustbild des Grafen gelungen, welches zur selben Zeit auf Schloß Westerau ankam. Es stellte den Jüngling als Husaren dar, und da es in Vierstein, wo blos kriegerische und waidmännische Neigungen herrschten, nicht einmal einen Hofmaler gab, so hatte man das Porträt von einem durchreisenden Künstler malen lassen, dessen Kraftpinsel das Gesicht des armen Grafen wahrhaft grimmig wiedergab. Die Prinzessin erschrak wie damals als Kind, daß sie hätte weinen mögen. Und Fräulein von Martigny benutzte diesen Schrecken, um zu dem Porträt des bösen Vetters auch gleich den richtigen Hintergrund zu malen.

Sie sprach von jenem gewissen Potsdamer parfum de caserne, der Einen auf Schloß Vierstein bis in die Salons und Boudoirs verfolge; denn dort habe man nur Sinn für Soldaten, Pferde und Hunde. Insgeheim nährte sie nämlich die Abneigung Isabellens gegen die Heirath, weil sie ihr theures Pflegekind am liebsten zur alten Jungfer hätte heranreifen sehen, um selber bis ans selige Ende Oberhofmeisterin auf dem Schlosse zu bleiben, dessen Langeweile sie am meisten förderte und am wenigsten empfand.

War nun gleich die Malstunde und die Malerei in Westerau

so langweilig wie alles Uebrige, so knüpfte sich also doch einiges dramatische Interesse an dieselbe. Dies konnte man dann aber von keiner der übrigen Stunden des Tages mehr behaupten.

Es ging alles nach der Uhr und alle Uhren des Schlosses gingen recht. Der Fürst ritt täglich zur selben Stunde den= selben Spazierweg und kehrte zur selben Minute wieder heim. Man sagt, daß er einmal einen prächtigen Sechzehnender aus bloßer Ungnade nicht geschossen habe, weil der Hirsch zehn Minuten später bei dem Anstande erschienen war, als die Jäger angesagt hatten. Einen Fürsten darf man nicht warten lassen.

Um elf Uhr wurde gefrühstückt; um zwölf waren die Audienzen. Auch die Prinzessin hatte manchmal eine Audienz zu ertheilen, wobei ihr die Martigny vorher immer genau einprägte, mit welchen Worten sie das Gespräch eröffnen solle. Es waren drei Redensarten, zum anmuthigen Wechsel; Isabelle hätte gern noch eine vierte und fünfte hinzugefügt, getraute sich's aber niemals.

Um drei Uhr war Tafel. Die Prinzessin fand, daß man ihr immer die langweiligsten Menschen zu Nachbarn gab. Das Tischgespräch klang sehr feierlich, drehte sich aber um den kleinsten Stadtklatsch. Isabelle entdeckte dabei, daß die Menschen draußen im Städtchen gar nicht so langweilig sein könnten, wie die Leute im Schloß, denn sie gaben wenigstens Stoff zur Unterhaltung. Sie hätte gern einmal so eine Beamten= oder gar Bürgersfrau kennen gelernt; allein die Martigny versicherte ihr, daß ein solcher Verkehr durchaus unschicklich sei, übrigens auch nicht angenehm. — „Diese bürgerlichen Frauen riechen so sonderbar", pflegte sie beizufügen und nahm eine doppelte Prise Schnupftabak. Sie erklärte es für einen besonderen Vorzug des alten Landgrafen von Hessen, daß er sein Volk nicht habe riechen können.

Nach Tisch begab man sich zu gemeinsamer Promenade in den Schloßgarten und zwar paarweise, der Hoffourier schritt mit seinem Stocke voran und zwei Leibjäger mit Karabinern beschlossen den Zug. Isabelle hätte statt dieser Promenade gar zu gern einmal einen Ausflug auf die Burg Neideck gemacht, man versprach es ihr auch öfters, fand aber niemals Zeit, das Versprechen zu halten. Denn weil der Hof eigentlich gar nichts zu thun hatte, hatte er die Zeit so genau eingetheilt, daß außerdem zu gar nichts mehr Zeit blieb. Das stets unerfüllte Versprechen steigerte aber die Sehnsucht der Prinzessin nach der verzauberten Burg als dem Sinnbilde der ewig lockenden, ewig unerreichbaren Freiheit.

Nach dem Spaziergang fütterte und liebkoste der Fürst seine zahlreichen Hunde, wie dies auch Ludwig XIV. zu thun gepflegt. War dann der Vater bei besonders guter Laune, so durfte auch Isabelle die Hunde streicheln helfen, was ihr in der Seele zuwider war. Die Martigny unterließ dann nicht hinterdrein heimlich zu bemerken, der Vetter Friedrich habe noch viel mehr Hunde, und wenn sie erst einmal Gräfin Vierstein sei, dann werde sie den ganzen Tag nicht aus den Hunden heraus= kommen.

Der Trost aller Unglücklichen ist die Nacht, das heißt sofern sie schlafen können. Die Prinzessin hatte ein prächtiges Himmel= bett mit den weichsten Kissen und seidenen Decken. Wenn Kinder so recht breit und behaglich in ihrem Bettchen liegen, dann sagt man ihnen: da liegst du wie eine Prinzessin! Von der Prinzessin Isabelle stammt dieser Spruch gewiß nicht; denn sie hatte selbst im Bett kein Behagen. Sie dachte sich's wun= derschön, im Dunkeln zu schlafen, allein es galt für standes= gemäß, daß allezeit ein holländisches Nachtlicht in ihrem Schlaf= gemache brannte und ein deutsches im anstoßenden Zimmer der Kammerfrau. Auch glühten vom 15. October bis zum 15. April zwei Kaminfeuer die ganze Nacht hindurch in beiden Gemächern — laut der Schloßordnung. So lag denn die arme Prinzessin gar oft in wachem Traume und zählte die Schläge der großen Schloßuhr und der zahlreichen Zimmeruhren, welche pflichtlich der großen nachschlugen, und ihr ganzes junges Leben kam ihr vor wie eine einzige lange schlaflose Nacht.

Es war im Mai. Die Nächte wurden glücklicherweise immer kürzer, aber Isabelle hatte doch um ein Uhr noch keinen Schlaf gefunden und starrte im Zimmer umher; — da entdeckte ihr Auge ein kleines rothes Buch auf dem Fenstersims, bei der peinlichen Ordnung dieser Räume etwas Auffallendes. Was mochte das für ein rothes Buch sein? — die Bücher des Schlosses waren alle blau gebunden — und wie kam es hierher? Sie schlüpfte aus dem Bette und holte das Buch.

Der rothe Einband war geschmacklos überladen, die Blätter mit Goldschnitt bestanden aus elendem Löschpapier und waren mit stumpfen Lettern bedruckt. Der Titel lautete: „Denkwürdige Beschreibung und Geschichte der hochfürstlichen Burg Neideck, ans Licht gestellt durch Philipp Balzer, Schulmeistern und der vaterländischen Historie Beflissenem".

Die Prinzessin legte sich wieder ins Bett und begann beim Scheine des trefflichen holländischen Nachtlichts das Büchlein zu lesen.

Schon bei den ersten Seiten, die bekanntlich von den fünfundzwanzig Bedeutungen des Wortes Neideck handeln, fühlte sie sich ruhig und immer ruhiger, und als sie zu Seite 10 gekommen war, schlief sie ein und schlief fest bis zum späten Morgen.

Sie beschloß darum jeden Abend ein wenig in dem Buche zu lesen, forschte aber auch zunächst, wem es gehöre und wie es auf den Fenstersims ihres Schlafzimmers gekommen sei.

6.

Der Burg-Balzer hatte also seine „Geschichte" binnen Jahr und Tag wirklich zu Ende gebracht, ja er hatte sie sogar zum

Druck befördert! Das Letztere war schwieriger als das Erstere. Es gab nur eine einzige Presse im Fürstenthum, welche dem Hofbuchbinder Zöllner in Westerau gehörte. Dieser Mann, zugleich Besitzer eines Spielwaarenladens und einer Leihbibliothek, druckte zwar alljährlich den Westerauischen „Hof-, Staats- und Hauskalender", war aber zu irgend einem anderen literarischen Unternehmen auf eigene Gefahr nicht zu bewegen. Philipp hatte dies vorausgesehen und bot ihm zur Kostendeckung die 2 Gulden 18 Kreuzer, welche den Inhalt seines seit zwölf Jahren zusammengesparten „Burgfonds" bildeten. Allein dies war Herrn Zöllner viel zu wenig.

Philipp hatte nicht geahnt, daß Bücher so theuer kommen, verlor aber keineswegs den Muth; und da er wußte, daß die Bauern der Herrschaft nur einen Theil ihrer Zinspflicht in Geld und Naturalien leisten, den anderen aber in Hand- und Spannfrohnden, so schlug er dem Buchbinder vor, er wolle sich ihm so lange zur Handfrohnde stellen durch Abfassen von Rechnungen und Mahnbriefen, Liniiren von Schulheften und dergleichen, bis die Druckkosten abverdient oder durch verkaufte Exemplare gedeckt seien. Der Buchbinder schlug ein, und so wurde Balzer unter stillem Seufzen der Frohnarbeiter seines Verlegers, wie es auch schon berühmtere Autoren gewesen sind. Ganze Stöße von Arbeit wanderten jeden Samstag nach Neideck, während der Stoß der Exemplare des Buches ruhig in Westerau liegen blieb; allein Philipp trug die Last mit Heldenmuth: frohndete er doch seiner Burg zu Ehren!

Uebrigens hatte er nicht versäumt, etliche wunderschön roth gebundene Exemplare an die regierenden Herren der Umgegend zu schicken. Er erwartete anfangs ein paar goldene Dosen, dann wenigstens etliche huldvolle Handschreiben. Allein es kam nichts dergleichen.

Der Fürst von Westerau hatte das unerbetene und in ganz ungehöriger Form übersandte Buch sofort dem Kammerdiener geschenkt, wie er's überhaupt mit werthlosen Gaben seiner

Unterthanen zu machen pflegte. Dieser fand das Buch so
langweilig, daß er's Isabellens Kammerfrau gab; da die Kammerfrau aber das Hofleben noch langweiliger fand als das Buch,
so las sie ein wenig darin und ließ das Buch im Schlaf-
zimmer ihrer Herrin liegen, wo es durch die Langeweile einer
schlaflosen Nacht nun erst in die rechten Hände gefallen ist.

Die Prinzessin freute sich, doch einmal Ausführliches zu
erfahren von jener verwunschenen Burg, die sie immer von
Weitem sah und niemals aus der Nähe betrachten durfte. Sie
staunte über die vielen merkwürdigen Begebenheiten — eine
kleine Weltgeschichte! — welche sich alle dort ereignet haben
sollten, und über die zahllosen noch vorhandenen historischen
Heiligthümer des alten Gemäuers. Die französischen Bücher,
womit sie von der Martigny täglich gequält ward, führten nach
Paris und Rom, nach Athen und Mexiko und anderen gleich-
giltigen fremden Orten: es that der Prinzessin so wohl, zum
ersten Male auch über die nächste Heimath, über das Räthsel,
welches vor ihrem Fenster lag, Gedrucktes zu lesen. Der Anfang
des Buches wirkte beruhigend, sogar schlafbringend, die Mitte
dagegen anregend, der Schluß aufregend. Der Autor wurde
mitunter komisch, wenn er recht ernsthaft sein wollte, aber er
meinte es immer gut und glühte für seinen Gegenstand. Die
Prinzessin erwärmte sich für einen Schriftsteller, über den sie
zum öftern lachte, aber sie konnte ihn niemals auslachen. In
der Vorrede bot er sich jedem Besucher der Ruine zum Führer
an, bei Regen und Sonnenschein, Tag und Nacht: als Isabelle
das Buch ausgelesen, hätte sie sich fürs Leben gern einmal
von dem Schulmeister durch die Burg führen lassen, am liebsten im Mondschein.

Uebrigens wurde Philipp auf Seite 112 sogar geheimnißvoll,
prophetisch. „Der Mensch", so heißt es dort, „baut sich sein
Haus oder seine Burg, aber das Haus und vollends die Burg
erbaut auch den Menschen, der darinnen wohnt. Die Zeit blieb
scheinbar stehen in der alten Burg; allein die Zeit steht nicht

still, sie bewegt sich und bewegt; sie ließ auch die Burg wachsen und altern: die Burg ist gleichsam ein lebendiges Wesen, welches geheimnißvoll eingreift in das Schicksal des hochfürstlichen Hauses, des Landes und vielleicht auch eines geringen Unterthanen, der sich nicht nennen mag. Es lebt ein Burggeist in ihren Mauern, kein Gespenst, sondern der Geist, den die Menschen hineintragen, von dunklem Zwange geführt, alle Menschen, die sich einer so mächtigen Burg wahrhaft nahen und von ihr in höherer Kraft zurücknehmen, was sie hineingetragen haben. So wurden die Flüche der vertriebenen Frauen lebendig in der Burg; zwei haben sich erfüllt, der dritte wird sich erfüllen, und erscheinen wird die rechte Burgfrau, welche Frauenhuld nach hundert Jahren wiederbringen und die Burg retten wird zur Beschämung der Männer. Wer wird die hohe Frau sein und wann wird sie kommen?"

Mit diesem Fragezeichen schloß das Buch.

Die Prinzessin wurde, wie gesagt, ganz aufgeregt durch den Schluß. Bisher hatte sie keinen anderen Beruf gekannt, als sich zu langweilen und den unausstehlichen Vetter zu heirathen. Das Eine that sie aber absichtslos und das Andere beabsichtigte sie nicht zu thun. Jetzt fragte sie sich, ob sie nicht gar berufen sei, die Burg zu retten? Freilich wußte auch sie nicht klar, was da eigentlich gerettet werden solle; doch genug, sie fand einen Beruf: sie wollte retten. Und vorab wollte sie die Burg einmal aus der Nähe betrachten.

Ein ganz neuer Geist der Widersetzlichkeit erwachte in ihr. Sie fragte sich, ob sie nicht ein angeborenes Recht auf den Besuch ihrer Stammburg besitze, welches man ihr bisher unterschlagen habe? Sie prüfte zum ersten Mal ihre Lage principiell, vor= urtheilslos und fand, daß man sie einsperre, bevormunde, lang= weile, verdumme. „Das Haus macht den Menschen?" Ja wahrlich! der vergoldete Käfig dieses langweiligen Schlosses hatte sie zur Puppe gemacht! Das mußte anders werden! Ein unge= heurer Trotz regte sich in dem kleinen Köpfchen, der Rousseau'sche

Geist war auch hier zu Flammen geweckt worden — durch den armen Burg=Balzer, der gar nichts von Rousseau wußte.

Es fügte sich, daß in den Tagen, wo dieser erste Sturm durch alle Gedanken der Prinzessin brauste, der Heirathsplan zum endgültigen Abschluß gebracht werden sollte. Des Grafen Besuch war schon dreimal angesagt und immer wieder abgemeldet worden; denn der junge Mann, eben erst aus der großen Welt heimge= kehrt, war nicht zur Abreise nach Schloß Westerau zu bringen, dessen Langeweile ihm noch aus den Kindertagen in schauervollem Andenken stand. Dies wenig schmeichelhafte Zaudern schien gerade nicht von bester Vorbedeutung; allein der Wille der beiden con= trahirenden Väter stand fest, und zuletzt mußten sich die jungen Leute wohl fügen. Die Prinzessin wünschte zwar den Grafen auf den Blocksberg, ärgerte sich aber doch, daß er nicht einmal kommen wollte, um sie zu sehen. Ihrem Vater aber erklärte sie rund heraus, daß sie noch am Altare Nein sagen und daß keine Macht der Erde sie je nach Vierstein bringen werde.

Solch offene Widersetzlichkeit war noch nicht dagewesen, und die Gründe, mit welchen Isabelle das Recht beanspruchte, in dieser Sache auch ein Wort mitreden zu dürfen, ganz unerhört. Der Fürst erkannte seine geduldige Tochter nicht wieder. Er ließ ihre verantwortliche Hüterin, die Martigny vorfordern, daß sie über diesen Paroxysmus Red' und Antwort gebe. Die erschrockene Hofdame erklärte, sie habe schon seit etlichen Tagen einen Geist des Eigensinnes und der Schwärmerei bei Isabellen entdeckt, der ihr schwere Sorgen gemacht, ohne daß sie die Ursache habe auf= spüren können. Gewohnt, alles rasch und fest nach seinem Willen erledigt zu sehen, befahl der Fürst der Martigny eine Promenade mit Isabellen durch den Garten zu machen und ihr binnen einer Stunde den Kopf zurecht zu setzen.

Allein statt sich zu verständigen, zankten sich vielmehr die zwei Damen; sie sprachen nur halblaut und gesticulirten sehr gemessen nach allen Regeln feinster Sitte; ganz im Stillen flogen dann dabei die giftigsten Stiche und schärfsten Hiebe herüber und hinüber.

So waren sie bereits eine halbe Stunde zwischen den Orangenbäumen die Schloßfront auf- und abgegangen. Da erschallte plötzlich verworrener Lärm streitender Stimmen vom nahen Portale her. Die beiden Damen hielten inne: ein Mann mit langen Haaren ohne Puder und Zopf, in abgeschabten Kleidern, halb städtisch halb bäuerisch, versuchte ins Schloß zu dringen, während ihn die Bedienten mit Gewalt zurückwiesen. Er hielt eine große Bittschrift hoch in der Hand und rief unablässig, er müsse den Fürsten sprechen; die Bedienten aber entgegneten, drohend und scheltend, daß dies jetzt nicht angehe. Ihre Uebermacht würde ihn bald aus dem Schloßhofe befördert haben, allein als er die Prinzessin erblickte, entriß er sich ihnen mit unerwarteter Seitenschwenkung und eilte stracks zu den Damen.

„Gnädige Prinzessin!" rief er athemlos, „ich bin der Schulmeister von Reideck! Helfen Sie mir! ich muß Ihren Vater, ich muß meinen Fürsten sprechen, es steht Gefahr auf dem Verzuge!"

Hochentrüstet zog Fräulein von Martigny die Prinzessin hinweg, und die Bedienten hatten den Ungestümen schon wieder gepackt. Allein als Isabelle seinen Namen hörte, gebot sie den Bedienten, von dem Manne abzulassen. Die Martigny stand wie eine Säule, erstarrt über diese Selbständigkeit der Prinzessin. Diese aber hieß den Schulmeister reden.

Seine Worte klangen nicht sehr höfisch, allein um so natürlicher. „Denken Sie Sich, Fräulein Prinzessin!" rief er, „die Burg Reideck soll abgebrochen werden, geschleift, gesprengt, dem Boden gleich gemacht. So hat es der Amtmann beantragt und der Fürst genehmigt. Nächste Woche wird begonnen. Ihre Stammburg! die Landesfeste, das schönste Bauwerk, mit einem Worte Reideck! — Es soll fallen! — Und was für mich das Entsetzlichste: ich selber bin es, der die Burg ins Unglück gestürzt hat; ich weckte den verderblichen Plan in der Seele des Amtmanns! In meiner Geschichte der Burg —"

„Ich habe sie gelesen", — unterbrach die Prinzessin, huld=
voll lächelnd, und auch über Philipp's vergeisterte Züge flog ein
Lächeln der Autorfreude —

„In meiner Geschichte erklärte ich den Namen des Hasen=
thurms, und Sie wissen, der jetzige Amtmann von Haas ist der
Enkel jenes Haas, der sich dort den Hals abgeschnitten hat. Das
mußte ich erzählen, denn des Historikers erste Pflicht ist die
Wahrheit, die ganze Wahrheit, und wer blos die halbe Wahrheit
sagt, der ist schon ein ganzer Lügner. Der Amtmann ist er=
grimmt darüber, daß ich seinen Großvater noch im Grabe be=
leidigt hätte, und obendrein gedruckt beleidigt. Er drang auf
meine Absetzung, allein der Scholarch, mein hoher Gönner, wider=
stand. Da nun der Amtmann mich nicht absetzen kann, reißt er
die arme Burg ab. Er gibt an, sie störe den Verkehr, während
doch bei Neideck selbst mit der Brille kein Verkehr zu sehen ist,
sie gebe dem Gesindel Unterschlupf, während ich ganz allein droben
wohne, sie drohe stündlich den Einsturz, — dann brauchte er sie
ja nicht abzureißen: — das sind lauter eitle Vorwände; der ab=
geschnittene Hals, das ist der wahre Grund, und so erzeugt ein
Fluch den anderen. Und die falsch berichtete Durchlaucht hat den
Abbruch genehmigt. Aber ich will dem Herrn Alles klar machen,
.ich will einen Fußfall thun. Es wäre eine Schande fürs Land,
meine Schuld und mein Tod dazu, wenn die Burg fiele! Schaffen
Sie mir eine Audienz, gnädigste Prinzessin, eine augenblickliche
Audienz beim Fürsten!"

Die Martigny rief schon wieder die Bedienten, daß sie den
tollen Mann fortschafften, aber Isabelle sprach: „Mein lieber
Schulmeister, folge Er mir!"

Sie winkte ihm höchst anmuthig mit dem Fächer und schritt
zum Portal, die große Treppe hinauf — der Burg=Balzer ge=
hobneren Hauptes hinterdrein. Die Martigny rief nach Eau de
Lavande, ihr schwindelte, — die Ohnmacht kam — und statt
des Schulmeisters blieb sie nunmehr in den Armen der Bedienten
zurück.

Die Prinzessin that einen kühnen Gang, doch wer soeben die Kette gebrochen hat, ist kühner als wer niemals eine Kette trug. Sie durfte sich dem Vater sonst nur in ceremoniöser Weise nähern — ganz spanisch — sie durfte ihn nur mit „Durchlauchtigster Herr Vater" anreden und das trauliche „Du" war ihr als plebejisch und respectwidrig nicht gestattet.

Der Fürst glaubte beim Eintritt Isabellens, sie komme, zum Gehorsam bekehrt, zurück und die Hofdame, welche das gute Werk vollbracht habe, hinterdrein. Wie staunte er, als ihn, statt der Martigny, das Gesicht des Burg=Balzers angrinste! Er maß den Frechen mit durchbohrendem Blick. Isabelle nahm sofort das Wort, schilderte kurz und bündig die ganze eben erlebte Scene und bat um Gnade für die Burg, während Balzer auf die Knice fiel und seine Bittschrift vorstreckend, gleichfalls „Gnade!" rief.

Ganz ruhig klingelte der Fürst zunächst dem Kammerdiener, hieß ihn, den unverschämten Eindringling von Schulmeister sofort aus dem Schlosse führen, und las dann seiner Tochter unter vier Augen derb den Text über ihr unziemliches Benehmen. Isabelle erklärte die Vorwürfe für gerecht, aber ihre Fürbitte für die Burg sei es nicht minder. Sie entwickelte die besten Gründe mit einem Zittern der Begeisterung, daß der Alte nur so staunte über die ungeahnte Beredsamkeit der Tochter. Von Philipp's Buch angesteckt, faßte auch sie die Burg nun schon wie ein lebendes Wesen und rief, die fruchtlose Reue werde nachkommen, sowie der Bau am Boden liege; das sei dann, wie wenn man einen Menschen todtgeschlagen habe und hinterdrein zum Doctor laufe.

Der Fürst blieb unerbittlich. Doch machte ihm Isabellens Feuereifer einen starken Eindruck, nur leider in ganz unbeabsichtigter Richtung. Er dachte nämlich, wenn der Graf jetzt dieses leidenschaftliche Mädchen sähe, dann würde er doch größeren Gefallen an ihr finden, als bislang der Fall gewesen scheine. Er entsann sich aus längst vergangenen Jahren, daß die Jugend eine gewisse Leidenschaft liebe. Und dieser Gedanke weckte einen zweiten. Er überlegte, ob sich's schicke, ihn auszusprechen. Hierauf sprach er im kältesten Tone:

„Ist Dir die Burg so werth, dann wollen wir einen Tausch machen: gib mir das Jawort für den Grafen, und ich gebe Dir die Burg."

Nun aber wurde die Prinzessin erst recht von heiligem Zorn erfüllt. Sie nannte das einen schmachvollen Handel und erklärte, daß sie nun den Vetter dreimal nicht und noch einmal erst recht nicht heirathen werde.

Das war ihr letztes Wort und der Vater sagte auch nichts mehr. Die fürstliche Familienscene war zu Ende.

Die Ereignisse rollten jetzt rasch. Der Fürst erließ sofort den Befehl, daß der tolle Schulmeister von Neideck abgesetzt werden solle und binnen vierundzwanzig Stunden die Burg zu räumen habe wegen frevelhaften Bruches des fürstlichen Schloß- und Hausfriedens. Ferner, daß der Abbruch der Burg so bald als möglich begonnen werde. Dann verhängte er über die Prinzessin Zimmerarrest auf unbestimmte Zeit und übergab sie der Martigny zur schärfsten Bewachung, da sich Spuren von Gemüthskrankheit bei dem unglücklichen Wesen zeigten, die nur durch einsames Leben beseitigt werden könnten. Weil aber Graf Vierstein bis nächsten Sonntag bestimmt erwartet wurde, so solle man sie darauf vorbereiten und mit schwachem oder starkem Druck etwas Liebe für denselben zu erwecken suchen.

Alle drei Befehle wurden pünktlich ausgeführt.

Der abgesetzte Schulmeister verließ sein Häuschen und verschwand scheinbar spurlos. Die Burg verließ er freilich dennoch nicht, sondern zog sich in das geheime Gewölbe zurück, wo er anno 1757 jene Belagerung ohne Belagerer bestanden hatte. Dort verbrachte er die Tage und Nächte. Des Abends schlich er heimlich ins Dorf, wo ihm die Bauern zu essen gaben, seine Anwesenheit aber treu verschwiegen, damit ihn der Amtmann nicht noch weiter verfolge.

Der Seelenzuſtand des vordem ſo glücklichen Mannes war jammervoll. An ſein eigenes Elend dachte er nicht, wohl aber an das von ihm verſchuldete Unglück der Burg. Alſo hatte er der Braut entſagt, — um die Burg zu ruiniren, den Burgfond geſammelt, damit die Burg abgeriſſen werde, und die Geſchichte von Neideck geſchrieben, damit die Prachtthürme von Neideck in die Luft geſprengt würden! Von Gewiſſensbiſſen gefoltert, trug er gute Luſt, ſich dann zur rechten Stunde oben auf den Haſen-thurm zu ſetzen.

7.

Prinzeß Iſabelle verlebte inzwiſchen auch keine beſonders heiteren Tage. Da, wie bemerkt, die Langeweile der Hunger der Vornehmen iſt, ſo wollte ſie ihr Vater durch die geiſtige Hunger-cur der Langeweile zur Beſinnung bringen, wie er den Schul-meiſter durch den leiblichen Hunger geſtraft zu haben glaubte.

Sechs Tage lang ſah Iſabelle keinen Menſchen außer ihrer Kammerfrau und der Martigny. Das alte Fräulein predigte Buße in allen Tonarten; ſie hörte es nicht. Vom Grafen Vier-ſtein ſprach die Predigerin dabei weniger als eigentlich ihre Pflicht geweſen wäre, doch bemerkte ſie oft, daß er bis Sonntag unfehl-bar kommen werde. Iſabelle ſchwieg. Aus den franzöſiſchen Claſſikern wurde dreimal mehr als ſonſt vorgeleſen, Iſabelle gab nicht Acht. Sie durchdachte alle die Qualen des langweiligen Schloſſes ſeit ihren Kindertagen, ſie wollte hinaus um jeden Preis und wußte nicht wohin.

Es war am Samſtag Abends. Die Martigny las eben die zehnte Epiſtel Boileau's vor:

J'ai bon vous arrêter, ma remontrance est vaine,
Allez, partez — —

als ein bumpfer ferner Knall die Luft erſchütterte, daß alle Scheiben klirrten. Die alte Dame fuhr zuſammen, las aber dann noch viel eifriger und lauter als vorher: sie wußte, so schien es, was der Knall bedeute, wollte aber die Aufmerksamkeit ihrer Haftbefohlenen davon ablenken. Das war nicht nöthig, — Isabelle war so tief in ihre Gedanken versunken, daß sie den Knall so wenig gehört zu haben schien wie die Verse Boileau's.

Die Dunkelheit kam; man ging früh zu Bette. Isabelle schlief wenig und wurde schon um vier Uhr durch die aufgehende Sonne geweckt; es war eben jener Sonntag angebrochen, an welchem der Graf bestimmt kommen sollte. Sie blickte durchs halbgeöffnete Fenster in die thaufrische Landschaft, sie blickte vor Allem nach der fernen Burg, dem einzigen Gegenstand, den sie täglich feuchten Auges zu betrachten pflegte. Aber o Staunen und Schreck! — die Burg hatte nur mehr einen Thurm! Die Prinzessin glaubte anfangs, die Sonne, welche ihr von Neideck herüber so blendend ins Gesicht schien, bewirke diese optische Täuschung; sie holte ihr Fernglas. Da erkannte sie die traurige Wahrheit: die Burg hatte wirklich nur noch einen Thurm, der andere, der Hasenthurm, war gestern Abend gesprengt worden, als jener dumpfe Knall die Fenster des Schlosses erzittern machte.

Isabelle war außer sich vor Zorn und Schmerz.

Sie hatte bestimmt geglaubt, der Vater werde ihr zu lieb dennoch die Burg begnadigen, und sie hoffte, daß sie sich auf Grund dieses Huldzeichens doch wieder aussöhnen und ein ganz neu geordnetes lebenswürdiges Leben im Vaterhause beginnen könne. Dies war der Gedanke ihrer seltenen besseren Stunden. Sie hatte darum täglich auf die unversehrte Burg wie auf ein Zeichen der Verheißung geschaut, und jetzt war schon der erste Thurm gefallen, der Vater war unerbittlich — und der Graf sollte heute kommen!

Sie kleidete sich an, warf ein Tuch über den Kopf und schlich auf den Zehen aus dem Zimmer, die Treppe hinab zum Schloßhof, Niemand bemerkte sie in der Morgenfrühe. Ein Pförtchen stand offen, es führte ins Freie, sie eilte hinaus; sie wußte selbst nicht, was sie that, wohin sie wollte; aber sie hatte nun doch überhaupt wieder einmal etwas gewollt und gethan, die Luft umspielte sie so erquickend, und ihre Seele hob sich auf den Schwingen des Morgenwindes.

Wie aus Instinct nahm sie den Weg gegen die Burg; anfangs gleich einer Fliehenden dahineilend, mäßigte sie ihren Schritt; denn sie erregte die Aufmerksamkeit der wenigen Begegnenden, obgleich sie Keiner erkannte. Sie fragte sich endlich, wohin sie denn wolle? Der Entschluß war bald gefaßt: hinauf zur Burg! Und was dann weiter? Sie wußte es nicht. Aber war sie nun einmal droben, war sie weit, weit vom Schlosse hinweg, dann schien ja zunächst Alles gut.

Ans Wandern nicht gewöhnt, ermüdete sie bald, die Thränen traten ihr ins Auge, die Kniee wankten; doch sie raffte sich auf, und erreichte nach zwei Stunden wirklich die Burg, wo sie im Hofe erschöpft zu Boden sank. Es ward ihr dunkel vor den Augen, sie hörte die Frühglocken des Sonntagmorgens, das Gesumme der Bienen, sie athmete den Duft der Hollunderbüsche, aber sie wußte nicht mehr, wo sie war und lag wie im Traume.

Da wurde sie durch eine Stimme geweckt, welche besorgt fragte: „Was fehlt denn der Jungfer?" Sie blickte auf. Ein junger Mann in Reisekleidern, gestiefelt und gespornt, stand neben ihr und betrachtete sie theilnehmend. Sie fand keine Antwort, aber sie sah den Fremden fester an; das Gesicht schien ihr nicht ganz unbekannt, nur wußte sie nicht, wo sie's schon gesehen habe.

„Was sucht die Jungfer hier am frühen Morgen?" fragte derselbe weiter.

„Ich suche — den Schulmeister," stotterte Isabelle, um doch etwas zu sagen.

„Den suchte ich auch," bemerkte der Jüngling. „Dieser Burg-Balzer ist doch ein merkwürdiger Mann, aber ein halber Narr wie alle merkwürdigen Leute! Uebrigens wohnt er gar nicht mehr hier oben; er ist abgesetzt und fortgejagt, wie mir vorhin ein Bauer berichtete. Fortgejagt, weil er der Prinzessin

Isabelle im Westerauer Schloß ganz unanständig begegnet sein soll."

„Das ist nicht wahr!" fiel Isabelle ein. „Wenigstens nicht, soweit es die Prinzessin betrifft."

„Doch, doch!" versicherte der Fremde. „Mit dieser Isabelle ist nicht zu spaßen, sie ist eine entsetzlich ceremoniöse und lang= weilige Person."

„Vielleicht mehr gelangweilt als langweilig," entgegnete sie.

Der Fremde blickte sie prüfend an: „Aber wer ist Sie denn eigentlich, daß Sie dies besser weiß? Vielleicht gar eine Kammer= jungfer von drüben?"

Isabelle stotterte erröthend ein leises „Ja". Sie hatte noch so wenig gelernt, sie konnte nicht einmal ordentlich lügen.

„Nun, wenn Sie das ist, dann erzähle Sie mir doch ein Bischen von Ihrer Herrin, sie soll ein artiges Gliederpüppchen sein, welches von dem Vater und der Hofdame an einem Fädchen gezogen wird, und sie wird ja wol nächstens den Grafen Vier= stein heirathen?"

„Doch nicht ganz Puppe!" rief Isabelle entrüstet und in ganz anderem Ton. „Das Fädchen ist zerrissen; sie heirathet den wilden Grafen nicht, — unter keiner Bedingung!"

Ei, ist denn der Graf wirklich so wild? und woher weiß Sie das?"

„Er lebt nur unter Jägern, Pferden, Hunden und Soldaten und schweift den ganzen Tag durch Feld und Wald!"

„So, so! Und warum schweift Sie denn frühmorgens ganz allein durch alte Burgen, tugendsame Jungfer?"

„Ich? — Ich wollte ja den Schulmeister besuchen und den umgefallenen Thurm sehen, den sie gestern gesprengt haben," stotterte Isabelle.

„Gerade den wollte ich auch sehen und das Buch des Schul= meisters über die Burg verleitete mich dazu —"

„Sie haben das Buch gelesen? Gerade dieses Buch führte auch mich hierher," unterbrach Isabelle.

„Es ist ein tolles Buch," fiel der Fremde ein. „Aber der Mann hat ein Herz für seine Burg, als ob sie seine Geliebte wäre. Und wenn man das Buch gelesen hat, dann zieht es Einen hierher, man mag wollen oder nicht."

Genau so erging es auch mir," lispelte die Prinzessin.

Also eine empfindsame Kammerjungfer, dachte der Fremde. Die werden immer häufiger in unserm philosophischen Jahrhundert.

Der junge Mann hat Kopf und Herz, dachte Isabelle. War es doch seit undenklicher Zeit der erste Mensch, welcher ein klein wenig ihre Empfindung theilte.

„Jungfer, ich kann nicht Komödie spielen!" rief er plötzlich laut und richtete sich hoch auf. „Ich bin eben der Graf Bierstein, den Sie so wild genannt hat, und wenn ich so den ganzen Tag in Gottes freier Luft umherstreife, dann freue ich mich wol inniger der schönen Natur, als Ihr blassen Stubenkinder, und sehe die Sonne aufgehen wie heute von dieser wundervollen Burg, und ärgere mich, daß man im Westerauer Schloß so roh ist, die eigene Stammburg mir nichts dir nichts in die Luft zu sprengen. Das kann Sie Ihrer Herrin sagen, die ich zwar heute auch noch sehen, der ich aber nicht viel sagen werde und also wahrscheinlich auch dieses nicht."

Isabelle war eine Weile sprachlos vor Schrecken. Aber der Graf sah ja gar nicht so grimmig aus wie auf dem Bilde, er war recht schön, und durchaus nicht so roh wie ihn die Martigny geschildert, im Gegentheil sehr freundlich und erstaunlich feinfühlend. Diese Erwägung milderte ihren Schreck. Sollte sie sich gleichfalls entdecken? Vor Scham fand sie den Muth nicht.

Endlich sammelte sie sich und flüsterte: „Also Sie sind wirklich auf dem Wege nach Westerau? Man hat Sie schon mehrmals vergebens dort erwartet."

„Es ist eine saure Reise, diese Brautfahrt!" seufzte der Graf. „Indeß, sie muß doch einmal gemacht werden; denn der Vater will es durchaus und seinen Eltern muß man gehorchen,

wie in der Bibel steht. Aber dieser Gehorsam hat seine Grenzen.
Ich reite hinüber und thue Alles, was geboten und schicklich ist;
aber wenn mir, woran ich nicht zweifle, diese Isabelle aus der
Nähe ebenso schlecht gefällt, wie aus der Ferne, und mir, wie
die Jungfer schon voraus weiß, selber gar einen frischen, fröh=
lichen Korb zugedenkt, dann reite ich seelenvergnügt wieder heim
und habe meine Schuldigkeit gethan. Drunten im Dorfe wartet
mein Gefolge. Es ist noch keine Besuchstunde und ich wollte
vor dem schweren Gang noch einmal recht aufathmen und frischen
Muth schöpfen hier oben auf des Burg=Balzers unvergleichlicher
Burg. Da hat Sie meine ganze Geschichte."

Isabelle zog ihr Tuch dichter um den Kopf und blickte seit=
wärts ins Thal hinab. Da sah sie einen Trupp Reiter, einen
Wagen hintendrein; — die Reiter sprengten gegen den Burgberg
heran: sie erkannte deutlich ihren Vater an der Spitze.

Mit einem markdurchschneidenden Schrei klammerte sie sich
an den Grafen und rief: „Retten Sie mich! Da kommt der
Fürst, mein Vater! Ich selbst bin Isabelle. Retten Sie mich,
schützen Sie mich vor meinem Vater! liefern Sie mich um
Gottes willen nicht in das verhaßte Schloß zurück, — es wird
mein Grab sein!"

Nun war die Reihe des Staunens an dem Grafen. „Sie
selber sind es, liebe Base? Aber Sie sehen ja ganz anders aus
wie auf den Bildern, Sie sprechen ja ganz anders wie in Ihren
Briefen, kurzum Sie sind ganz anders, als man mir geschildert
hat! Aber warum fürchten Sie Sich denn vor Ihrem Vater,
sind Sie ihm wol gar davongelaufen?"

„Weil er mich durchaus — — — an Sie verheirathen
wollte!"

Gottlob, sie hat doch ihren eigenen Kopf, sie will mir
durchaus auf eigene Faust den Korb geben, dachte der Graf.

„Doch nein!" fuhr die Prinzessin fort, „nicht ganz deßwegen,
sondern weil man mich eingesperrt hat, darum, daß ich die Burg

retten wollte und den Schulmeister eigenmächtig zur Audienz
brachte."

„Eigenmächtig!" wiederholte der Graf ganz vergnügt. „Und
also sind Sie wirklich davongelaufen — durchgegangen?" Isabelle
konnte nicht antworten. — Sie hat Kraft, Entschlossenheit, dachte
der Graf. „Aber warum sind Sie nicht schon längst davonge=
laufen? Wir würden uns dann weit früher gegenseitig etwas
genähert haben. Und waren Sie denn immer so — so aufgeregt
wie heute?"

„Nein, das ist nur hier oben auf der Burg, da drunten im
Schlosse ist es ganz anders."

„Freilich!" rief der Graf. „Das macht die frische Luft. Sie
müssen mehr an die Luft kommen, aufs Pferd, auf die Jagd, in
den Wald. Da werden Sie auch etwas röthere Wangen kriegen.
Und die Luft in Vierstein ist so gut, viel besser als da drunten
in Westerau!"

„Der Vater kommt! Retten Sie mich!" rief jetzt drängender
die Arme.

Da erscholl eine Stimme hinter ihnen: „Rasch zu mir, hier
ist die beste Zuflucht! Ich wollte das Gewölbe vor aller Welt
geheim halten, aber wenn es meine gnädigste Prinzeß zu retten
gilt, dann gebe ich mein Gewölbe und meinen Kopf und Alles
preis. Her zu mir! Der Eingang ist nicht weit."

„Was will der Mann?" rief der Graf und maß die selt=
same Gestalt, und wäre er nicht so zornig gewesen, so hätte er
lachen müssen.

„Entschuldigen Sie, Herr Graf, ich bin der Burg-Balzer,
den Sie suchten; verzeihen Sie, daß ich unter dem Hollunderbusch
sitzend unfreiwillig Ihr ganzes Gespräch mit anhörte! Aber jetzt
ist keine Zeit zu verlieren."

„Lieber Freund," entgegnete der Graf, „Sein Gewölbe wollen
wir ein andermal besuchen; stelle Er sich neben mich, hier links,
ich schütze euch Beide und verkrieche mich vor keinem Menschen."

Der Fürst sprengte in den Burghof; sein schäumendes Roß bäumte hoch auf vor der überraschenden Gruppe: Graf Vierstein in der Mitte, die Prinzessin an seiner rechten, den Burg=Balzer an der linken Hand.

Es dauerte Minuten, bis der Fürst den Grafen erkannte und seinen Gruß erwiederte — man wechselte abgebrochene Worte des Staunens, daß man hier, daß man so sich begegne. Dann aber sprach der Fürst zu Isabellen: „Tritt zu mir, entartetes Kind!" — und zum Grafen — „Es ist Unglaubliches geschehen, Herr Vetter! Bevor ich als Wirth Sie begrüßen kann, muß ich als Vater meine Schuldigkeit thun. Dort unten hält die große Berliner Carosse, mit Vorhängen dicht verschlossen. Du wirst Dich hineinbegeben, Isabelle, die Martigny sitzt schon drinnen; es ist Alles geordnet, daß Du ungesehen heimfährst und ungesehen aussteigst. Eine Prinzessin von Westerau durch= gegangen, das ist in unserer ganzen Hausgeschichte noch nicht dagewesen!"

Allein der Graf trat fest und ehrerbietig vor. „Verzeihen Sie, durchlauchtiger Herr Vetter, wenn ich Ihnen die Prinzessin jetzt noch nicht ausliefere, wenigstens nicht gegen ihren Willen. Sie hat sich ausdrücklich unter meinen Schutz gestellt, den ich ihr ritterlich gewähren muß."

Dem Fürsten schwindelte es. Isabelle hatte sich unter des Vetters Schutz gestellt, und war doch durchgegangen, um dem Vetter zu entfliehen.

Der Burg=Balzer ersah die Pause des Staunens, und drängte sich, obgleich sonst etwas ängstlich bei Herrschaftspferden, hart vor den Kopf des fürstlichen Rosses und bat um Gnade für die Burg. Zur Antwort rief der Fürst dem Piqueur: „Jage diesen Narren mit der Reitpeitsche den Berg hinunter!"

Allein nun trat der Graf abermals dazwischen: „Dieser Mann hat sich gleichfalls unter meinen Schutz gestellt, und ich bitte daher Eure Liebden, ihn bis auf Weiteres mir zu überlassen."

„Herr Vetter! Sie beanspruchen Hoheitsrechte in meinem
Haus und über meine Unterthanen," rief der Fürst, nun endlich
grimmig lachend. „Am Ende bin ich gar nicht mehr Herr hier
auf meinem eigenen Grund und Boden!"

„In der That!" entgegnete der Graf, „es wäre mir sehr
lieb, wenn Sie auch diesen Grund und Boden unter meinen
Schutz stellten! Ich meine das sehr ernstlich, ja ich bitte darum;
denn die Burg wäre ein wahres Juwel in der Aussteuer meiner
lieben Base, und ich schöpfe einige Hoffnung, daß sie mir wildem
Menschen bei näherer Bekanntschaft ihre Hand vielleicht doch
nicht versagen wird."

„Hoho! Werbung und Ehepacten hier gleich auf offener
Gasse abgemacht? Das geht nicht!" rief der Fürst, wurde aber
plötzlich ganz aufgeräumt.

Der Burg=Balzer zupfte den Grafen am Arm und flüsterte
geheimnißvoll: „Für die Trauung habe ich den herrlichsten Platz
gefunden, er ist hier unter unseren Füßen" — sogar der Fürst
lauschte bei diesem Wort —, „nämlich während meines jüngsten
Verstedes in dem bewußten Gewölbe gelang es mir, da ich nichts
Besseres zu thun hatte, den verschütteten Gang aufzuräumen,
und ich kam, o Wonne! in eine prächtige Krypta unter der ehe=
maligen Schloßkapelle, Jahrhunderte lag sie verborgen, drei dicke
uralte Säulen mit Löwen= und Adlerknäufen —"

„Die Copulation im Keller? das geht nicht an," unterbrach
der Fürst. \ Schulmeister, Er ist verrückt! Aber da ich Ihn jetzt
aus Versehen Schulmeister geheißen habe, soll Er auch wieder
Schulmeister sein. Ein Mann, ein Wort!"

Der Fürst befahl nun, da sich der Ort zu weiteren Er=
örterungen nicht schicke, daß die Prinzessin mit ihm hinunter zur
Berliner Carosse gehe, dann wolle er mit seinen Reitern den
Wagen zum Schlosse zurückbegleiten. Der Herr Vetter möge
sich inzwischen noch zwei Stunden hier verborgen halten und die

Krypta betrachten, damit man in Westerau Frist finde, ihn ge=
bührend zu empfangen. Dann werde sich das Weitere in aller
Form entwickeln lassen.

*   *   *   \`

Nach vier Wochen beorderte der Schulmeister, welcher in=
zwischen noch die Nebenwürde eines Castellans der Ruine Neideck
durch Decret erhalten hatte, zehn Mann in den Burghof, um
die alte Karthaune aus dem Brunnen zu heben, wo sie seit 1757
geborgen lag. Nach dreitägiger Arbeit und mit öfterer Gefährdung
von Menschenleben brachte man das alte Geschütz endlich wieder
aus Licht und pflanzte es vor dem Burgthore auf zu den üblichen
Salutschüssen bei der Trauung der Prinzessin Isabelle mit ihrem
Vetter Friedrich, die morgen in der Schloßkapelle zu Westerau
vollzogen werden sollte.

Als Balzer in behaglicher Beschauung an der Kanone lehnte,
kam der Scholarch den Berg herauf, klopfte ihm auf die Schulter
und sprach: „Schulmeister, wie steht es mit Seiner Prophezeiung
wegen der hohen Frau? Ich meine doch, die Prinzessin hat die
Burg nicht retten können, aber der Graf hat sie gerettet. Und
welche Männer sind denn eigentlich beschämt worden durch den
Retter?"

Philipp erwiderte: „Graf oder Gräfin, das gilt gleichviel,
wenn die Burg nur gerettet ist — schade um den Hasenthurm,
hätte er sich einen Tag länger gehalten, so stünde er noch in
tausend Jahren! Prophezeiungen werden niemals ganz genau
erfüllt, sonst müßten ja die Menschen abergläubisch werden. Was
aber die beschämten Männer betrifft, da könnte höchstens der
Amtmann und der Fürst gemeint sein, doch dergleichen darf man
ja gar nicht denken, geschweige sagen. Uebrigens sieht man auch
hier, daß eine gerechte Hand das Schicksal der Menschen wie der
Burgen lenkt. Denn Neideck war immer eine gute Burg, im

Jünglingsalter die Wiege des hohen Fürstenhauses, im Mannes-
alter der Schutz des Landes; — jetzt ist sie alt geworden und
hat sich ins Privatleben zurückgezogen, aber sie hat doch der
Prinzessin einen braven Mann gebracht und einem armen Schulmeister die Aussicht auf ein glückliches Alter. Möge es ihr
noch lange wohlergehen!"